CONTES DE NOËL

Joséphine Dandurand

Copyright pour le texte et la couverture © 2023 Culturea
Edition : Culturea (culurea.fr), 34 Hérault
Contact : infos@culturea.fr
Impression : BOD, Norderstedt (Allemagne)
ISBN :9791041830473
Date de publication : juillet 2023
Mise en page et maquettage : https://reedsy.com/
Cet ouvrage a été composé avec la police Bauer Bodoni
Tous droits réservés pour tous pays.

Voici notre petite bibliothèque canadienne qui s'enrichit aujourd'hui d'un nouveau volume ; et, chose assez insolite chez nous, ce volume est signé d'un nom de femme.

La signature était-elle bien nécessaire cependant pour accuser cette particularité ?

Non.

Car, autant le pseudonyme de *Josette* voile peu la gracieuse personnalité qu'il a la prétention de couvrir, autant la féminité – pour me servir d'un néologisme mis à la mode par les psychologues du jour – autant la féminité de l'auteur se trahit à chaque page, je pourrais dire à chaque phrase, dans des légèretés de dessin et des fraîcheurs de teintes, que l'homme au pinceau le plus délicat ne parvient presque jamais à atteindre.

Tournures câlines, sous-entendus discrets, colloques semés d'incohérences enfantines, petits mots doux et tendres comme des baisers, tout révèle la femme, la femme jeune et aimante, dont – pour les bébés surtout – la main est une caresse, le bras un oreiller, la voix une chanson d'amour.

En lisant ces bluettes, – car il s'agit de simples bluettes, de contes si vous aimez mieux, – on s'arrête malgré soi devant tel détail saisi sur le vif, telle nuance finement observée, telle vague ébauche dont les contours perdus laissent deviner quelque délicieux profil ; et l'on s'avoue *in petto* qu'un doigt de femme pouvait seul crayonner avec cette souplesse, qu'on dirait inconsciente.

En effet, ce qui caractérise peut-être plus que toute autre chose le style de l'intéressant petit volume que je suis chargé de présenter au lecteur, c'est une absence de toute recherche, une facilité naturelle, une allure indépendante et primesautière, qui donnent l'impression de quelqu'un laissant courir sa plume sur le papier sans le moindre effort, sans aucunement s'inquiéter de bien dire, et – sans s'en douter le moins du monde – racontant merveilleusement des choses charmantes.

Car ils sont tout pleins de choses charmantes, ces petits *Contes de*

Noël qui respirent tant de suavité naïve, et qui évoquent autour de vous tout un essaim de souvenirs ailés papillonnant à votre oreille avec les échos des vieux chants d'église et des joyeux carillons d'autrefois.

Ils vous bercent.

Ils vous rajeunissent.

Ils ressuscitent sous vos yeux mille figures lointaines, mille horizons oubliés.

Ils vous chuchotent je ne sais quelles ressouvenances qu'on écoute le cœur attendri, et quelquefois même avec une larme tremblante au bout des cils.

Pour ma part, j'ai passé une heure bien douce à parcourir ces pages toutes vibrantes d'émotions intimes, et je suis heureux que l'auteur me permette de lui en offrir ici même mon remercîment sincère avec mes confraternelles félicitations.

Toute jeune encore, depuis trois ou quatre ans déjà, la charmante conteuse s'était fait remarquer dans la presse ; et plus d'une fois ses jolies nouvelles, toutes empreintes d'un rare cachet de distinction, avaient attiré l'attention de ceux qui, parmi nous, cultivent les lettres ou s'occupent des choses de l'esprit.

Il y a quelques mois à peine, à Québec, elle révélait son talent pour la scène dans une petite pièce dont le succès fut éclatant.

Ces débuts pleins de promesses, elle les confirme aujourd'hui par un premier volume, qui n'est sans doute que la première perle de tout un écrin.

Les qualités d'écrivain dont elle y fait preuve lui donnent droit à une place marquante dans notre petit monde littéraire ; et, s'ils me permettent de me faire ici leur interprète, je crois pouvoir lui offrir, au nom de mes confrères de la plume, la plus sympathique et la plus cordiale bienvenue.

Tous s'empresseront même, j'en suis sûr, de lui céder un siège d'honneur, à une condition cependant – et cette condition, la voix du patriotisme l'impose – c'est que ce premier ouvrage soit bientôt suivi de plusieurs autres.

Pour ma part, je lui dirai en lui tendant la main :

– Madame, vous êtes maintenant débitrice d'un créancier qui a le droit d'être impitoyable, parce qu'il parle au nom de tous, le Public.

Vous avez écrit les *Contes de Noël*.

Tant pis pour vous : Noblesse oblige.

Louis Fréchette

Noël au pays

On est à la Noël. Partout dans la campagne, sur la vaste étendue, les longues routes blanches sont constellées. Entre leur bordure verte de sapins, – ces bouées fleuries, guides du voyageur dans la plaine immense et nivelée par l'hiver, – on les voit courir et se croiser à travers les champs combles.

Et c'est comme une procession, ce long cortège de traîneaux venant de toutes parts, s'acheminant tous vers l'église du village.

La rosse qui les tire, indifférente au froid comme à la gravité de l'heure, trotte sans hâte, d'un pas égal et rythmé.

De ses naseaux l'haleine s'échappe en fumée lumineuse ; mais cette ressemblance lointaine avec les coursiers olympiens, dont les narines flamboyantes lancent des éclairs, en est une bien trompeuse cependant, car, voyer la pauvre bête – par exemple la dernière là-bas, avec cette lourde charge – les ardeurs guerrières sont depuis longtemps mortes en sa vieille charpente.

D'un contentement égal elle porte au marché les poches pleines, ou, comme en ce moment, la famille à la messe de minuit.

Le pauvre cheval n'est pas né du printemps.

Cette demi-douzaine de marmots qu'il traîne là, et d'autres encore qu'on a laissés à la maison, s'il ne les a pas vus naître, du moins les a-t-il tous, chacun à son tour, menés à l'église petits infidèles, pour les en ramener petits chrétiens.

L'histoire de ces vieilles bêtes est celle de leur maître.

Jeune et fringant, le bon animal brûla jadis le pavé pour conduire chez « sa blonde » le père d'aujourd'hui. Et, depuis, ils cheminent ensemble dans la vie, se supportant réciproquement, travaillant côte à côte, indispensables l'un à l'autre, se retrouvant toujours aux heures solennelles, aux moments d'urgence, moments où le plus humble des deux devient parfois le principal acteur.

Quand il s'agit, par exemple, de longues courses pressées, l'hiver, par les chemins débordés, au milieu de la « poudrerie » que soulève l'aquilon ; l'automne, quand le pied s'embourbe et se dégage avec peine dans les sentiers boueux, et l'été sur les routes sans ombrage.

Élément obligé des joies de la famille, il conduit aujourd'hui « les enfants » à la messe de minuit ; cette fête unique pour les petits et les simples ; fête mystérieuse où ils retrouvent dans la touchante et poétique allégorie de la Crèche, la reproduction tangible, comme une incarnation des choses vagues et douces, du merveilleux qu'ils voient parfois flotter dans les rêves de leur sommeil paisible ou dans les fantaisies de leur imagination naïve.

Les deux plus jeunes de ces six heureux, enfouis, émus et recueillis, dans le fond du traîneau, y viennent pour la première fois.

Tandis que le père, dès qu'on est arrivé descend le premier et se met en devoir de tirer les petits de l'encombrement des « robes », le plus grand saute à terre pour jeter la meilleure et la plus chaude peau sur la bête qui fume. Et pendant qu'on l'attache, les mioches, rangés sur le perron de l'église, engoncés, raides comme des mannequins dans leurs gros vêtements « d'étoffe du pays », regardent et se disent tout bas :

– Pauvre Bidou, il ne verra rien !

Puis on les pousse dans le vestibule, où la main paternelle enlève de leur tête, la « tuque » de laine profondément enfoncée. Les cheveux suivent le mouvement, et demeurent tout droits, hérisssés. Qu'importe ! les petits hommes, le cœur serré, ne quittent pas des yeux le chef de famille, prêts à obéir au premier signe. À peine osent-ils passer en hâte leur grosse mitaine au bout de leur nez et sur leurs yeux où le froid a mis des larmes.

À travers la lourde porte on perçoit quelque chose de doux et de troublant, quelque chose d'exquis comme un chant pour endormir les anges. Soudain cette porte s'ouvre toute grande et les marmots extasiés, le regard attaché sur les mille feux de l'autel, avancent inconsciemment, marchent comme dans un rêve, jusqu'à ce qu'on les retienne par leur habit.

Tandis que la foule s'agenouille et s'incline autour d'eux, ils restent debout, sans mouvements, absorbés par la vue de la grotte de sapins, cristallisée de sel, représentant la neige sous laquelle gît, presque nu, le Petit-Jésus tout blanc, tout mignon, tendant les bras en souriant aux fidèles qui l'adorent.

Certes, il ne fait pas chaud dans l'église ; l'haleine y monte comme l'encens, en spirales blanches, vers la voûte noire. Aussi, malgré la présence du bœuf et de l'âne autour de la crèche, les petits gars se disent-ils en eux-mêmes que cela leur semble bien insuffisant. Ils craignent beaucoup que le bon Jésus ne grelotte, aussi légèrement vêtu. Mais il y a là la sainte Vierge toute sereine, presque souriante ; elle s'en apercevrait bien, elle, puisqu'elle est sa maman, n'est-ce pas, s'il avait trop froid.

Qu'importe ! voilà saint Joseph avec un grand manteau rejeté en arrière et dont il n'a que faire... S'il le lui mettait, ça ne serait pas de trop assurément !

Mais non pourtant... Cela doit être. Il faut que l'adorable Jésus souffre pour les hommes... afin d'expier leurs péchés !

On leur a souvent raconté cela.

Mais pourquoi les vilains hommes ont-ils fait des péchés ?

Leur cœur se soulève, s'emplit soudain d'une grande indignation.

Un violent désir de venger le Petit-Jésus les saisit. Des gros mots – les plus énergiques de leur vocabulaire enfantin – d'éloquentes invectives leur montent aux lèvres pour flétrir les ingrats qui lui font tant de mal.

Ils vont le prendre et l'emporter. Ils vont le mettre dans leur lit – eux coucheront à terre plutôt ! Ils vont le couvrir de tout ce qu'il y a de chaud et de moelleux dans la maison !... L'on verra bien ensuite si les méchants oseront venir le leur ôter !...

Et les pauvres innocents, navrés, tout frémissants de la tempête qui vient de passer en eux, reniflent tout bas, pris d'une grosse envie de pleurer.

Tout à coup la musique cesse.

C'est comme si une main brusque chassait leur rêve en les réveillant brutalement.

La grotte de sapins s'emplit d'ombres, et au milieu d'un vilain brouhaha, on les entraîne dehors où le vent glacé les soufflette au visage.

Sans un mot ils se laissent tasser, encapuchonner, envelopper dans les fourrures, sentant gronder en eux une sorte de mauvaise humeur rageuse qui se fond bientôt en un immense besoin de dormir.

À la maison on les sort de leur nid comme des sacs de farine – par les deux bouts.

On les déshabille, on les couche sans qu'ils en aient conscience, sans qu'ils prennent même part à ce fameux réveillon dont ils ont vu les apprêts alléchants, et qui devait, dans leur espoir d'hier, couronner si délicieusement la fête.

Leurs nerfs agités se reposent, dans un sommeil de plomb, de la secousse qu'ils ont subie.

Et ce sera demain le débordement des impressions, les emportements, les questions sans nombre, l'adorable histoire enfin des âmes neuves s'ouvrant une première fois à la perception des choses de la vie.

Et, certes, sous quel plus pur et plus chaud rayonnement que celui de la crèche divine ; à quelle plus belle aurore pouvait s'opérer cette fraîche éclosion !

Vive Noël toujours pour les mignons et les innocents !

Hier et demain

Un conte du jour de l'an pour le grand monde

J'avais comme de coutume suspendu un bas de ma plus longue et plus belle paire à mon clou particulier...

Sur un pan du mur de notre grande « nursery », depuis bien des *jours de l'an,* six clous réservés à l'usage antique et solennel restaient alignés.

Ils y sont même encore, quoique la « nursery » ait perdu son nom et son utilité. Ils y sont encore – persistants comme les bons souvenirs – accrochant parfois au passage le bout flottant d'un ceinturon, la dentelle d'une manche qui les effleure, comme pour remendier un peu de l'intérêt de jadis.

Comme on devient maussade et moralisateur en vieillissant !

Ces clous innocents, qui faisaient autrefois battre mon cœur impatient d'une joie sans bornes comme sans mélange, me font m'arrêter maintenant toute rêveuse et philosophante.

Je les recompte sur le mur, pensant que tout cela c'est fini, songeant aussi que l'un de leurs propriétaires n'y est plus, ne reviendra jamais, etc. Bien d'autres idées se mettent à me passer dans l'esprit et je reste immobile, là, au milieu de la pièce, regardant fixement... nulle part.

C'est que ces six clous en content, des choses !

Cela chante la poésie, la candeur de l'enfance, au milieu d'un entourage qui accuse l'expérience, la maturité des sentiments, qui trahit jusqu'à la transformation graduelle des aspirations chez les bébés grandis.

On voit çà et là des livres, des portraits, divers articles parlant tous le langage d'un autre âge.

Et, devant le contraste de ces deux époques, l'on se demande laquelle vaut le mieux ?

Au temps que je suspendais mon bas, je n'aurais voulu pour rien au monde perdre mes chères superstitions. Je croyais à *Santa Claus* avec fanatisme.

Que ses desseins impénétrables, que ses dons mystérieux m'inspiraient donc de rêves fantastiques, de conjectures délicieuses !

Et mon ingénieuse ignorance me laissait supposer des trésors enfouis en des sphères féériques, que des notions plus positives m'ont depuis fait oublier !

Aussi l'on ne saurait se figurer quelle mélancolie, quel vide se produisit dans mon âme, quand ces adorables chimères commencèrent à me paraître moins vraisemblables !

Je résistai quelque temps à la désillusion ; je retins, comme malgré eux, les bien-aimés fantômes qui voulaient s'enfuir.

Lutte inutile ! Il m'eût fallu, pour garder ma foi naïve, mes rêves chéris, fermer mes oreilles et mes yeux, arrêter les recherches de ma raison curieuse, oublier les leçons journalières de l'expérience, toutes choses qui voulaient voir, entendre, déduire avec une ardeur désespérante.

Je vis, j'entendis, je raisonnai tant qu'un bon jour je sentis avec douleur qu'il me fallait faire mes adieux à mon pauvre *Santa Claus*.

C'était ingrat et ridicule ; la dette de reconnaissance que j'avais accumulée, toutes les effusions, les joies du passé, tout cela était donc absurde et faux ?... J'en voulais aux autres de m'avoir trompée... En somme, je me sentais fort malheureuse ; le monde me semblait bien morose, bien insignifiant !

Le coup décisif arriva ainsi :

Ce soir-là, malgré mes doutes, j'avais fait comme les autres, car il y avait derrière moi tout un petit peuple encore crédule que je regardais avec un mélange d'ironie et d'envie.

– Après tout... qui sait ? argumentai-je en moi-même, c'est peut-être toujours vrai... Le bon Dieu est bien bon, et si puissant ! Qu'est-ce qui empêche qu'il envoie lui-même, directement, son expert et fidèle *Santa Claus*, distribuer les récompenses à ses petits enfants ? Du reste, je vais bien voir. Mes yeux veilleront plutôt toute la nuit. Il faudra enfin que cela s'éclaircisse ! S'il en vient un autre que l'envoyé du ciel, il ne m'échappera pas celui-là !

Ma surveillance d'ailleurs ne faisait pas que de commencer à s'exercer.

Toute la journée, moi-même, j'avais voulu être portière. Les allants et venants, les paquets petits et gros, les colloques suspects, tout fut noté avec soin, sans trahir pourtant d'indices révélateurs.

Mon scepticisme pâlissait ; mes illusions reprenaient vigueur.

– Je vais bien voir ! me répétais-je tandis qu'on emportait la lumière, que les innocents qui m'environnaient se mettaient à ronronner et à marmotter des choses inintelligibles en leurs rêves d'or, ej vais bien voir !

Mon Dieu qu'il en coûte de voir quand il fait nuit, que la pendule vous berce obstinément de son monotone tic-tac, que le sommeil caresse doucement le bord de vos paupières, engourdit sans bruit vos pensées !

Mon Dieu, que c'est difficile de ne pas oublier son inébranlable détermination, de ne pas céder à la persuasive et commode logique du consolant Morphée ! J'y mis pourtant toute mon énergie ; ma vigilance ne s'était pas ralentie pour la peine d'en parler, au moment où, vers minuit, l'on vint mettre dans le corridor la veilleuse dont une lueur se projetait justement sur la rangée de nos bas encore vides.

– Je vais bien voir ! fis-je avec un redoublement d'anxieuse émotion...

Rien d'inusité ne se passe. Quelqu'un qui rentre dans sa chambre, un silence profond, prolongé...

Tout plaide en faveur de *Santa Claus.*

J'écoute encore... rien... Je me rassure, ma tête inquiète et tendue retombe souriante sur l'oreiller ; tous les chers fantômes rentrent en se bousculant joyeusement dans mon cerveau rasséréné.

Santa Claus triomphe. Il s'avance déjà dans mon rêve, radieux, courbé sous un fardeau monstrueux, riant malicieusement dans sa longue barbe blanche de givre et d'antiquité.

Oh, le beau moment !

Je savais bien que ces gens-là mentaient qui disaient avec de mauvais sourires :

– Il n'y a pas de *Santa Claus !* Est-ce que le bon Dieu se mêle de cela ?...

On a beau dire, personne ne devine si bien nos souhaits et nos désirs intimes pour cacher adroitement dans nos bas juste les choses que nous voulons.

Cher vieil ami ! J'aurais voulu lui sauter au cou tant je le trouvais bon d'être revenu !

Oh ! il devait bien avoir dans ce grand sac, de beaux patins pour moi ! Je les lui avais demandés avec tant d'instances !

Avais-je dormi longtemps quand un bruit soudain me fit ouvrir les yeux ? Je l'ignore.

C'était un son métallique qui m'avait réveillée. Avant d'avoir pu recueillir mes esprits et de m'être rendu compte de ce qui arrivait, j'avais vu l'ombre du nez paternel effleurer rapidement la muraille ; j'entendis en même temps le battement d'une pantoufle qui retraitait en hâte...

C'en était fait à jamais de mes rêves merveilleux. Ils s'étaient effacés avec l'ombre susdite !...

Il n'y eut, pour me consoler de la décevante réalité, que les patins que je trouvai dès l'aube, gisant sous mon clou particulier et dont la chute intempestive m'avait si douloureusement éclairée sur le prosaïsme des choses d'ici-bas.

Que de cruelles leçons m'a depuis données la vie, sans avoir pu épuiser pourtant mon fonds de poétiques illusions, tant on en amasse en ces folles années de l'enfance.

En l'honneur de ce premier de l'an, à ceux qui m'ont lue, je souhaite, comme récompense, de n'avoir pas trop d'oreilles pour les sinistres avertissements de cette vieille blasée qu'on nomme l'Espérience. Libre à eux de ne pas croire à *Santa Claus* ; mais au moins qu'ils lui trouvent des adeptes en leurs petits enfants, en reconnaissance des grandes joies dont nous lui avons tous été redevables.

Le rêve d'Antoinette

À ma nièce.

Quatre fois j'ai vu, quand c'était le printemps, les grosses branches noires se revêtir de feuilles, et, fières de leur nouvelle toilette, l'agiter avec un gai froufrou en se pavanant au-dessus de ma tête, et les oiseaux tout joyeux revenir endormir leurs petits dans les berceaux de mousse neuve, au milieu des feuilles fraîches.

Quatre fois j'ai vu, suspendues aux arbres, les corbeilles renouvelées de fleurs blanches et roses que le petit Jésus y accroche au mois de mai.

Quatre fois aussi, depuis ma naissance, le tapis blanc de l'hiver s'est étendu sur la terre nue et laide pour la cacher à nos yeux attristés...

J'ai bien hâte de vous faire part de ce qui me préoccupe ; mais je tenais à vous dire cela auparavant, afin de vous donner une idée de mon âge. Le calcul n'est pas difficile, et si vous êtes un peu perspicace, vous avez deviné que j'ai eu mes quatre ans au mois de juillet dernier...

C'était la veille du jour de l'an ; il s'agissait pour maman de m'amener à la ville pour m'acheter une coiffure... Le petit frère malade l'avait empêchée de s'en occuper plus tôt.

Le détail peut paraître futile, mais il est très important. La suite de mon récit le prouvera.

À deux heures, j'étais habillée, mais d'une drôle de façon ! Ne trouvez-vous pas – je le demande aux personnes de mon âge – que les mères ont une tendresse bien chaleureuse ? Je l'appelle ainsi, parce que leur sollicitude et leur frayeur du froid les portent à nous emmitoufler de manière à nous faire périr par un excès pour éviter l'autre.

Je ris beaucoup quand, au moment de partir, je m'aperçus dans la glace. Un vrai peloton de laine !...

De mes boucles blondes, pas une n'avait osé s'échapper sous le triple tour du nuage bleu qui m'enveloppait la tête. Mon nez, enfoui dans tout ce lainage, paraissait si peu, que c'était à faire croire que je n'en avais pas.

On ne m'avait laissé que les yeux de libres, car on savait que cela me ferait tant de peine de ne rien voir... C'était déjà assez triste de ne pouvoir parler !...

Ma bouche, il ne fallait pas y songer ! Elle avait assez à faire de respirer à travers tout ce qui la couvrait.

Enfin nous montons en voiture ; puis, glin ! glin ! les grelots résonnent, et nous glissons vite sur la neige unie.

Oh ! que de jolies choses partout ! Des équipages par centaines, de belles dames, des petits enfants drôlement encapuchonnés comme moi !... Et, dans les vitrines, que de merveilles ! Des chevaux superbes qui semblent attendre leur maître ; à côté, des familles de poupées, les bras tendus et les yeux grands ouverts, comme pour appeler et chercher leurs petites mères parmi tous les enfants qui défilent devant elles.

À la fin, la voiture s'arrête, et Jacques, me prenant dans ses bras, me dépose sur le seuil d'un grand magasin.

Une demoiselle, habillée de noir, avec beaucoup de colliers et des cheveux frisés qui lui descendent dans les yeux, s'avance vers nous.

À la demande de maman, elle nous apporte plusieurs bonnets qu'on commence à m'essayer.

Je n'ai pas besoin de vous dire que je profitai de ce moment de liberté pour raconter tout ce que j'avais vu !

Après m'avoir mis, ôté et remis bien des choses plus ou moins pyramidales, il se trouva qu'une certaine coiffure, que la demoiselle en noir appelait *très à la mode*, sembla plaire davantage.

– Combien ?

– Cinq piastres seulement ! fit la demoiselle frisée, avec un air très aimable et d'un ton engageant – un peu comme Marguerite quand elle veut me coucher et que je n'ai pas sommeil.

Petite mère ouvrit des yeux plus grands que d'ordinaire.

– C'est bien cher !

– Remarquez que la peluche de soie est très dispendieuse, Madame, observa la marchande avec dignité, en flattant le bonnet sur ma tête, comme on caresse un petit chat. Celle-ci est de qualité supérieure... Puis, cela va si bien à votre joli bébé ! continua-t-elle en se penchant pour me voir... Et c'est chaud. Cela couvre entièrement les oreilles...

Elle dit encore beaucoup de choses en tournant et retournant le bonnet *très à la mode*.

Pendant ce temps, maman versait sur la table un grand nombre de sous blancs que la demoiselle frisée donna à un monsieur en lui disant : *Cache !*

Elle avait peur que nous ne les reprissions, probablement.

Je ne puis vous dire tout ce que je vis d'étonnant dans cet après-midi ! J'étais fatiguée de tant regarder, et me sentis presque heureuse quand maman monta dans la voiture une dernière fois en disant à Jacques de nous reconduire chez nous.

Une multitude de lumières brillaient partout.

Les rues étaient remplies de monde, de voitures, et de bruit.

Tout à coup, à l'angle d'une rue, au milieu d'une foule de personnes qui passaient en riant et parlant très haut, que croyez-vous que j'aperçus ?... Une maman très vieille, avec sa petite fille, appuyées au mur d'une grosse maison.

La mère avait les yeux fermés et mettait sa main sur l'épaule de son enfant.

Elle, la pauvre mignonne, avait une robe bien laide et toute déchirée, un vilain mouchoir sur sa tête ; ses mains étaient nues. Elle avait des grands yeux bleus pleins de larmes, qu'elle levait parfois en tendant sa petite main rougie vers les passants qui ne la regardaient pas.

Oh ! qu'ils étaient méchants !

Quand je la vis ainsi grelottante et si triste, je frissonnai moi-même sous mes flanelles.

Je fis un grand effort pour désigner la pauvrette ; mais comment remuer sous les *robes* pesantes qui m'entortillaient et m'emprisonnaient complètement !

J'essayai de crier, mais le bruit de la rue couvrit ma voix. D'ailleurs, nous allions très vite, et la petite mendiante disparut...

Je pleurai tout bas, et j'y pensai longtemps.

À la fin, comme j'étais bien fatiguée, je m'appuyai sur le bras de petite mère, et ne vis plus qu'à demi les lumières qui dansaient en fuyant.

Jacques me porta dans la maison. Papa nous attendait, et tout le monde se mit à table pour dîner.

Je fus d'une sagesse exemplaire ce jour-là !

C'était charmant de voir comme je ne parlais pas, moi qu'on gronde toujours pour trop bavarder !... Je ne mangeais pas beaucoup non plus ; on trouvait cela bien singulier, car habituellement j'ai l'appétit d'un gros loup.

À la vérité, je me sentais bien pesante, et ma tête alourdie avait des envies folles de tomber sur l'épaule de maman.

– Comme je serais bien dans mon lit ! me disais-je tout bas.

Marguerite m'amena avant qu'on eût fini.

Je me laissai faire sans pleurer, ce qui est très rare ; et, quand elle me déposa dans mon lit tiède et mollet, l'égoïste Antoinette s'endormit sans songer à la pauvre chérie qui avait faim là-bas, dans la grande rue froide.

Soudain, quelque chose passe devant moi en m'effleurant... C'est un quelqu'un mystérieux, vêtu d'une longue tunique blanche et vaporeuse. Marguerite m'assure que c'est mon ange gardien.

Sa douce figure me sourit et m'invite. Fascinée par cet appel irrésistible, je mets ma main dans celle qu'il me tend, et nous nous envolons doucement tous les deux...

Me voilà de nouveau dans les rues claires et bruyantes.

Je ne sais comment il se fait que le joli bonnet de peluche est sur ma tête !... Maman, craignant toujours les intempéries de l'hiver, me l'aura mis à mon insu au moment du départ, je suppose.

Nous avions voyagé à travers la ville éblouissante pendant quelques instants seulement, quand mon compagnon s'arrêta... J'avais devant moi, qui ?... la petite mendiante !

Sa main glacée est tendue, et ses yeux humides m'implorent. La vieille pleure aussi, les yeux toujours fermés. Elle est bien lasse et s'appuie pesamment sur l'épaule fatiguée de l'enfant.

Pauvre petite, je pouvais enfin contempler ce doux regard si triste qui m'avait tant émue !

Je la caressais affectueusement en essuyant ses larmes et en l'appelant *sœur chérie.*

Je voyais de près aussi le vieux haillon noué sous son menton, et qui cachait si imparfaitement ses oreilles que souffletait la bise glacée. Je l'avais enlevé pour mettre mon bonnet *très à la mode* sur sa jolie tête, mais elle, l'ôtant aussitôt, me le rendit avec un sourire navré :

– J'ai bien froid, dit-elle, mais nous avons tellement faim, grand-maman et moi !... et son regard, sa main ouverte me suppliait encore...

– Un sou, un pauvre sou, s'il vous plaît ! murmura sa compagne en gémissant.

Que faire !... Je regardai la douce figure ; elle souriait toujours, mais restait muette.

Une idée me vint tout à coup à l'esprit.

– Pourquoi prodigue-t-on sans remords tant de sous blancs pour les coiffures de certaines petites filles, tandis qu'il en est qui n'en ont même pas pour acheter un morceau de pain lorsqu'elles se sentent mourir d'inanition !

Cela me parut absurde, et je résolus d'aller tout de suite rendre son méchant bonnet à la demoiselle, afin de rapporter les sous à la pauvrette.

Après avoir couru longtemps, cherchant en vain le magasin aux bonnets, je m'arrêtai, désolée, haletante, à bout de forces ; puis, à la pensée de celles qui m'attendaient là-bas, le cœur palpitant d'espérance, je repris ma course stérile...

Le matin, à mon réveil, petit frère gazouillait dans son berceau, non loin de moi, et je voyais les vitres, toutes rouges et d'or, étinceler à travers le rideau de mon lit.

En ouvrant bien les yeux, je découvris à mes pieds une ravissante poupée !... Le plus joli bébé, avec une masse de cheveux bruns, frisés comme une toison !

Folle de joie, je me mis à courir pour montrer dans toute la maison le cadeau du Petit Jésus.

J'embrassais tout le monde ; je berçais mon joli bébé en chantant ; – je caressais ses boucles soyeuses en lui contant toutes sortes de choses.

Ah ! j'étais bien heureuse !

En regardant les yeux bleus de Mimie (ma poupée avait été baptisée tout de suite, naturellement), certain souvenir qui me revint me rendit toute triste...

– Papa, dis-je, en jetant mes bras autour de son cou, veux-tu me faire un bien grand plaisir ?

– Mais oui. On ne refuse rien à sa petite fille le jour de l'an, répondit ce cher petit père, qui me gâte beaucoup, paraît-il, que désires-tu ?

Je racontai alors tout ce qui s'était passé, et, joignant mes mains avec ferveur, comme pour prier le bon Dieu, je le suppliai de nous amener les deux mendiantes pour les réchauffer et me laisser partager mes bonbons avec la douce enfant.

– Mais nous ne les connaissons pas, cher ange, objecta mon père en m'embrassant avec tendresse.

– Oui, oui, reprit maman, je crois les connaître. Cette pauvre aveugle est l'aïeule et le seul support de six orphelins, dont la mère est morte de privations l'automne dernier.

– Veux-tu, petite mère ? répétai-je tout bas.

Elle me prit sur ses genoux et me pressa sur son cœur, en promettant de m'accorder tout ce que je demanderais.

Après la grand'messe, en effet, on revint me chercher.

Je m'installai dans la voiture, parée de mon fameux bonnet de peluche, munie d'un cornet de bonbons, et accompagnée de mademoiselle Mimie, qui faisait des grands yeux étonnés en se trouvant dehors.

Jacques nous déposa dans une petite rue que je n'avais jamais vue, devant une vieille masure.

Oh ! que c'était noir et triste là-dedans ! Pas de feu, pas de lits blancs, rien !... Tous les petits frères, appuyés sur les genoux de la grand'mère, pleuraient amèrement en lui demandant du pain. Marie (c'est le nom de la mendiante) avait ses bras autour du cou de son aïeule.

Jacques tira de dessous le siège de la voiture un grand panier qu'il emporta dans la maison.

Figurez-vous que maman y avait entassé des robes, des bas, des gâteaux, du vin, du pain, des poulets, des bonbons... je donnai tous les miens aux petits frères, qui me faisaient rire aux larmes en les avalant tout ronds.

Je prêtai aussi ma poupée à Marie. Elle osait à peine y toucher, et disait avec admiration à la vieille aveugle :

– Oh ! grand'mère ! si tu voyais comme elle est gentille. Un vrai bébé vivant !

La pauvre grand-maman pleurait, elle... C'est drôle comme les vieilles gens pleurent toujours, même quand ils sont heureux.

Elle tenait les mains de maman et disait en secouant sa tête blanche :

– Que le bon Dieu vous bénisse, bonne petite dame ! Que le bon Dieu vous bénisse !

Elle répétait constamment les mêmes paroles en sanglotant.

Mais les orphelins étaient bien heureux.

Ils dévoraient les tartines que Marie leur distribuait, et allaient tous en offrir un morceau à leur bonne vieille maman.

– Ne sois pas triste, grand'mère, nous n'avons plus faim ! criaient-ils tous ensemble, sans toutefois perdre l'occasion d'enlever d'énormes bouchées à leurs gâteaux ébréchés.

J'aurais voulu passer la journée à les regarder faire. Maman interrompit ma contemplation en me prenant par la main pour me conduire vers la vieille femme assise près de l'âtre sombre. Elle m'approcha tout près de celle-ci et dit en lui touchant l'épaule :

– Bénissez-la ! C'est elle qui m'a amenée ici.

L'aveugle se leva toute chancelante, et, posant sur ma tête ses mains qui tremblaient, elle prononça lentement ces mots :

– Ange du bon Dieu, soyez bénie !...

Petite mère lui aida à se rasseoir et m'entraîna hors de la maison.

Les dernières paroles que j'entendis avant que la porte se refermât sur nous furent celles-ci :

– Que le bon Dieu vous bénisse !

Ainsi-soit-il !

Le Jour de l'An

Pour les sept petites filles
de Monsieur L. O. David, député.

Assurément tous les petits enfants connaissent cette fête !

Elle est belle, elle est radieuse pour le plus grand nombre. Elle ramène l'excellent vieux *Santa Claus* avec des trésors fabuleux entassés dans ses poches immenses et inépuisables.

Quelques-uns, hélas ! ne connaissent de ce jour que les privations, plus cruelles par leur contraste avec la joie de tout le monde.

Ces malheureux petits pauvres que *Santa Claus* ne connaît pas, qui ne trouvent jamais, jamais rien dans leur soulier, c'est aux enfants heureux de les consoler, de se constituer leur Providence visible.

Le Petit-Jésus, lui qui n'oublie personne, voit leurs larmes. Il les recueille toutes ; il les change en des perles magnifiques dont il forme des couronnes plus belles que celles des anges – car les anges qui ne pleurent jamais n'ont pas de perles à leurs couronnes. Puis, quand ses amis dorment, il les vient chercher et les amène avec lui au ciel, pour leur montrer ces précieux joyaux et les ailes faites de la gaze des plus blancs nuages, qu'il garde pour eux.

Parmi les petites filles qui attendaient avec anxiété la joyeuse fête de l'enfance, il en était sept qui, fort probablement, auraient été forcées de renoncer aux étincelantes couronnes du Petit-Jésus, lesquelles ne se gagnent absolument qu'au prix des soupirs et des peines, n'eussent été les pleurs que leur faisait verser parfois la compassion. Et ceux-là valent presque, aux yeux de Dieu les pleurs de la misère.

Heureusement, les nobles émotions de leurs âmes sensibles au malheur, achetaient pour elles ces célestes récompenses.

Car des larmes !... d'honneur ! c'était un article rare sous leur toit.

Hors le cas de pitié, elles n'en faisaient usage que juste ce qu'il faut pour baigner le sourire, en vue d'obtenir les objets de leurs vœux.

On sait que c'est un principe de diplomatie qui a cours chez cette petite engeance, qu'un attrait irrésistible à ajouter à sa requête est celui d'un regard suppliant à travers des pleurs.

Et c'est d'excellente politique.

Le moyen de résister, je vous le demande, à tant de beaux yeux émus qui prient avec une si gentille ferveur !...

Le bon Dieu ne l'a pas encore trouvé, lui qui est bien plus fort que les hommes.

Mais en ce grand jour du « Jour de l'An », il n'était pas besoin de ruse ni de stratagèmes pour être heureux !

Mon Dieu ! que de trésors enfouis dans ces petits bas longs comme rien, mais si précieux pourtant avec leur riche et abondante *cargaison* !

Quel bon génie avait donc pu deviner les désirs secrets de chacune pour déposer mystérieusement à son chevet pendant la nuit, l'objet si ardemment souhaité ?...

Il n'y avait qu'un « bon Jésus » pour réaliser des rêves si follement ambitieux... pour verser si généreusement autant de merveilles entre leurs petites mains !

Les jolies fillettes adoraient, je vous le jure, ce cher bienfaiteur, ce prodigue ami des enfants sages et bons comme elles. Elles aimaient aussi de tout leur cœur leurs parents.

Une pensée leur vint donc tout à coup, qui faillit compromettre l'extrême félicité dont elles jouissaient. Pourquoi le cher papa, pourquoi la belle maman ne recevaient-ils pas, eux aussi, des cadeaux du ciel !...

Leurs bons petits cœurs se gonflèrent à cette réflexion.

Et l'attrait de toutes les choses prodigieuses étalées devant elles disparut soudain.

La plus jeune des bébés, dont le bonheur s'était incarné sous la forme de mille animaux mignons réunis en une arche de Noé lilliputienne, laisse là son vaste troupeau gisant par terre dans une attitude de désorganisation et d'inquiétude, comme s'il n'avait jamais été sauvé du déluge, et que tout était à recommencer.

Par le plus bienvenu des hasards, entrèrent à ce moment dans la chambre qui renfermait tant de désespoirs, les heureux parents de cette intéressante famille.

La tristesse se fondit comme par enchantement sous une pluie de baisers.

– Nous en avons eu à profusion des présents du ciel ! leur dit en pleurant de bonheur leur mère – les joyaux inestimables, les trésors que le bon Dieu nous a donnés, mes anges... c'est vous !...

Noël (Deux souliers)

Le petit Noël, au bout de sa tournée, s'arrêtait indécis devant deux souliers qui lui restaient à remplir.

Et pourtant, rarement il hésite, car c'est son métier de semer à pleines mains le bonheur sur sa route, et le bienfaisant génie a pour cette tâche délicate les grâces d'état.

Jamais, depuis qu'il avait commencé sa carrière, depuis qu'il avait été chargé de rappeler au monde le glorieux anniversaire en répandant les trésors de la charité divine, jamais il ne s'était trouvé en pareille perplexité.

C'est que pour un seul cadeau qui lui restait, il y avait encore deux souliers à combler.

L'un était une merveille.

La mule d'une sultane n'est pas plus précieuse, et Cendrillon en aurait avec plaisir chaussé son second pied.

Il était fait de peluche brodée d'argent, et, sur le nœud de satin, nuancé comme une fleur, qui l'ornait, un papillon reposait dont les ailes semblaient avoir gardé des reflets d'aurore.

Cambré sur son fier talon, touchant à peine le sol du bout de sa pointe effilée, ce soulier ne semblait avoir emprisonné jamais que le pied d'une fée mignonne, qui l'aurait laissé tomber à terre en s'élançant vers son mystique royaume.

Mais, ce qui surtout faisait ressortir la grâce exquise de l'adorable sandale et qui en même temps embrouillait complètement les idées de l'excellent petit Noël, c'était le contraste du voisinage.

À côté de ce chef-d'œuvre d'élégance et de luxe, gisait, sur le tapis, le plus roturier des sabots.

Lourd, usé, crotté, il semblait durci au feu, après avoir été trempé aux bourbiers des rues.

Pauvre petite ruine ! peut-être au demeurant était-elle plus à plaindre qu'à mépriser pour sa laideur...

Comme il avait dû vaillamment patauger, trottiner et courir pour être ainsi sali et morfondu, le pauvre sabot ! Mais, que venait-il faire ici ? Et pour qui réclamait-il les faveurs du petit Noël ?

Celui-ci voyait bien devant lui – sommeillant dans leurs lits respectifs – deux enfants, aussi dissemblables d'attitude et de nature que l'étaient le soulier merveille et le grossier sabot : mais cela ne tranchait pas son embarras.

Dans un berceau duveté, tendu de soie et de gaze blanches, vaporeuses comme les visions d'un rêve, une enfant reposait.

Elle ressemblait aux anges qui ornent les autels, tant elle était belle et pâle. Pas un soupir, pas un mouvement ne trahissait la vie sur sa figure idéale. Son repos était une extase.

Tout auprès, dans sa camisole de bure, une fillette rose dormait heureusement, la tête appuyée sur son bras potelé.

Ses cheveux en broussaille cachaient à demi son visage et flottaient comme une poussière d'or sur l'oreiller.

Parfois un plus long soupir accentuait sa respiration : ses bras nus s'étiraient avec aise, ses lèvres closes, rouges comme un fruit mûr, s'ouvraient en un sourire de béatitude ; ses petons dodus repoussaient la couverture, puis la bouche rieuse se reformait en une fleur vermeille, les menottes disparaissaient dans la brume blonde des cheveux, les petits pieds blancs, devenus frileux, allaient s'enfouir sous les lainages ; et l'enfant se pelotonnait voluptueusement dans la tiédeur de son nid.

En la contemplant, le petit Noël cherchait à s'expliquer le mystère de ce bizarre rapprochement.

Il supposait bien, lui qui connaît intimement le bon Dieu, et qui sait que sa toute-puissante Providence ne s'amuse pas à de futiles espiègleries, il soupçonnait fort, dis-je, un dessein de la miséricorde divine.

Et cependant !... répétait-il d'un air songeur en regardant le bébé mignon, qu'il était bien près de trouver importun.

Un grand sac dégonflé pendait au cou du céleste émissaire, et chaque fois que ses yeux tombaient sur le bon diable de vieux sabot, sa main instinctivement tâtait ce sac vide.

C'était, selon toute probabilité, celui qui avait contenu les présents réservés aux souliers de cette catégorie.

Déjà l'aube discrète glissait à travers les ténèbres ses lueurs lactées.

Bientôt le sommeil, agité de rêves fantastiques et de visions éblouissantes, allait fuir les paupières enfantines, empressées de s'ouvrir aux belles choses déposées à leurs pieds par la munificence du petit Noël.

Il fallait se hâter. L'ami de l'enfance allait être pris en flagrant délit de visibilité, et cela, il ne l'aurait pas voulu pour une couronne de séraphin !

Chacun a son orgueil. Celui de cet excellent esprit est d'expédier la besogne qu'on lui confie, d'une façon irréprochable, et surtout promptement.

Jamais il n'a été surpris par le jour. Le flambeau que le bon Dieu lui prête pour guider sa course à travers les ombres, c'est l'étoile qui conduisait autrefois les trois rois d'Orient à la crèche du Sauveur.

Voyant que ses délibérations mentales ne l'amenaient à aucune conclusion satisfaisante, l'envoyé du ciel éleva vers Dieu son pur esprit, et sollicita une inspiration.

Il eut alors l'intuition du décret divin :

Le sac qu'il avait cru vide fut ouvert, et son bras s'y plongea jusqu'à l'épaule pour en retirer un petit paquet mystérieux.

Alors les innombrables bibelots qui avaient été primitivement destinés à l'opulente pantoufle furent divisés en deux lots, et les mandataires muets qui, gisant sur le tapis, réclamaient tacitement leur butin, en reçurent chacun une part égale.

Puis, louant le Créateur de son ingénieuse et tendre générosité, le bon petit Noël brisa le cachet de l'enveloppe énigmatique dont il avait deviné le contenu précieux.

Aussitôt, une poudre dorée, s'échappant de ses doigts, tomba dans la sandale de peluche, puis dans le misérable sabot.

Tout ce qui restait d'ombres dans la pièce s'évanouit devant le poudroiement irisé de cette poussière merveilleuse, mettant partout des rayonnements.

La fillette rose, blottie dans la profondeur des coussins, en devint toute resplendissante, et l'ange pâle qui dormait à côté s'anima, se transforma tout à coup, sous le feu des reflets magiques.

Un sang nouveau sembla s'infiltrer dans ses veines et colorer d'incarnat les lis de ses joues. La vie refleurissait en cette frêle créature.

Le petit Noël s'était envolé sans bruit.

Deux vois enfantines éclatèrent ensemble comme un délicieux chant d'oiseaux, emplissant le vaste palais d'échos inconnus.

En même temps une mère, folle de joie, accourait, élevait dans ses bras son enfant ravivée, et s'écriait en la pressant passionnément sur son cœur :

– Ma prière est exaucée ! Soyez béni, Seigneur !

« Qui donne au pauvre prête à Dieu », dit un touchant enseignement. Dans le cas actuel, le tout-puissant débiteur avait loyalement soldé sa dette, rendant un trésor pour une obole – une vie chère pour un abri donné à l'orphelin.

Le partage avait été judicieusement fait par le délégué de la Providence. Les deux souliers, sans distinction d'élégance ou de difformité, avaient été surchargés de bonbons et de jouets.

Tout cela était merveille et nouveauté pour la naïve propriétaire du vilain soulier.

La veille, dans le tumulte d'une grande rue, un groupe de passants l'avait séparée de sa mère. Voulant la rejoindre et courant en tous sens, la pauvre mignonne se perdit.

Alors, lasse et désolée, elle s'arrêta et se mit à sangloter dans son châle, murmurant tout bas l'appel qu'elle avait longtemps répété avec des cris déchirants :

– Maman ! maman ! soupirait-elle comme une invocation, tandis que son petit cœur éclatait.

Soudain, elle sentit que l'on abaissait doucement ses mains. Une grande dame, toute enveloppée de fourrures, penchée vers elle, lui demandait tendrement :

– Pourquoi pleures-tu, mon enfant ?

Cette belle femme douce et triste l'avait fait monter dans une superbe voiture, et l'avait emmenée en un palais éblouissant où la pauvresse fut choyée, dorlotée, à un tel point que le souvenir de son malheur en devint moins cuisant.

Elle avait trouvé, sous le toit hospitalier de sa bienfaitrice, une ange consolateur.

C'était une enfant frêle, avec de grands yeux pensifs où il y avait quelque chose de profond et de serein qui étonnait, en la subjuguant, la simple fillette.

La belle dame contemplait avec attendrissement ces deux gracieuses créatures s'observant avec curiosité et causant en leur langage d'oiseaux.

Elle vint se mettre à genoux près du joli groupe, et ses yeux tout pleins de larmes, allant de l'une à l'autre, semblaient les comparer.

– Que je serais heureuse ! répétait-elle, que je serais heureuse !

Prenant entre ses mains la tête angélique de sa fille et la baisant avec tendresse :

– Prie le bon Dieu avec moi, qu'il te fasse ressembler à cette chère petite ! lui dit-elle.

Les âmes innocentes s'entendent bien entre elles. Les deux bébés devinrent bientôt les plus grands amis du monde. L'une essuyait les larmes de l'autre, qui finissait par sourire aux caresses de sa douce protectrice.

Quand sa belle amie mit sa précieuse pantoufle sur le foyer, la pauvre enfant perdue l'imita naïvement, et les compagnes, gentilles à ravir dans leur posture d'anges, joignirent les mains et prièrent ensemble le petit Noël de s'en souvenir.

Comme on l'a vu, leurs vœux furent accomplis.

Après avoir curieusement parcouru, scruté et exploré le logis magnifique qu'elle occupait depuis la veille, la grosse fillette s'orna sans rien dire de tous les présents qui avaient plu dans son sabot, jeta de travers sur ses épaules le vestige fané qu'elle appelait « son châle », posa sur le buisson inextricable de ses boucles un bonnet de laine, et se présenta, ainsi équipée, devant un grand laquais qui se tenait debout dans l'antichambre :

– Je la trouverai bien. Ouvrez-moi seulement cette porte.

– Où demeure-t-elle, ta mère ? demanda le laquais ironique sans se déranger.

– Je la trouverai bien. Ouvrez-moi seulement cette grande porte.

Le serviteur galonné se mit à rire en analysant le bizarre accoutrement de son interlocutrice.

Elle le regardait avec ses grands yeux naïfs, et attendait. Quand, à la fin, il se décida à ouvrir les deux énormes battants de la porte massive, elle se retourna une dernière fois vers sa compagne, lui sourit doucement en manière d'adieu, et, serrant plus fortement ses trésors, pour ne pas les perdre en route, elle partit en courant.

C'est alors que le petit sabot se remit à patauger en expert, et que les polichinelles et les poupées, étroitement emprisonnées entre ses bras, eurent leurs cheveux joliment ébouriffés par les collisions diverses qu'ils subirent avec les passants, les poteaux de réverbères, que sais-je encore !

Et, ma foi, tout était pour le mieux.

Ces personnalités élégantes, en leur mise irréprochable, se fussent trouvées bien dépaysées dans le logis où les conduisait leur petite maîtresse.

L'emmêlement de leurs chevelures, et les menues avaries que reçurent leurs toilettes pendant le trajet, les firent accueillir comme de la famille chez leurs nouveaux hôtes.

Après une très longue course, notre amie s'arrêta devant une bicoque, et frappa la porte du pied en appelant sa mère.

Elle tomba dans les bras de celle-ci, toute bourrée de ses cadeaux, cherchant à les garantir jusque dans la chaleur de l'étreinte maternelle.

Aux questions empressées : « D'où viens-tu, chère enfant ? Qu'as-tu fait ? Où as-tu passé la nuit ? », la fillette ne répondait rien. Elle exhibait à ses petits frères son riche butin, ses yeux brillant du plaisir de se retrouver dans la misère et l'intimité de sa cahutte.

La rentrée de la chère absente avec son attrayant cortège chassa le laid fantôme du désespoir qui était venu s'asseoir au foyer.

La mère ravivée, berçant longuement entre ses bras le bébé retrouvé, oublia toutes les angoisses des dernières heures. Le bonheur qui n'attendait que ce signal éclata dans la masure un instant assombrie... Car le petit Noël avait aussi passé là, jetant dans les sabots la semence d'or qui donne la paix du cœur, l'insouciance heureuse et la fraîcheur colorée d'une vigoureuse jeunesse.

Pour récompenser la charité d'une mère, Dieu avait donc mis dans un palais le don inestimable qu'il réserve à ses amis les pauvres. Il y avait déposé le rare bien, l'unique trésor en cette vallée de larmes.

Le Jour de l'An au ciel

À mes trois petites amies,

Héva, Constance et Marie-Paule.

Au ciel il ne fait ni jour ni nuit. Dans cet heureux séjour luit constamment une splendide lumière, faite de toutes les aurores que le bon Dieu garde en réserve pour nous les dispenser une à une, de tous les rayons que nous verse journellement sa munificence sans jamais en épuiser le trésor, et de tous les astres éblouissants qui lui restent à semer encore dans les espaces azurés.

À la vérité, tout cela serait bien insuffisant pour éclairer l'immensité du céleste royaume, si la toute-puissance du Créateur lui-même ne l'illuminait d'un divin et suave reflet devant lequel le soleil pâlit.

C'est bien beau le paradis !... C'est si beau, si beau, que les hommes n'osent pas essayer de le décrire !

Pourtant, à certains moments, paraît-il, le ciel retentit d'harmonies inaccoutumées, et semble encore, si c'est possible, rayonner de clartés plus magnifiques. Le jour de Noël, par exemple, c'est grand gala, assure-t-on.

Je vais vous dire ce qui m'est arrivé, à travers les nuages des enivrants échos de ces fêtes.

Les lyres d'or des séraphins vibraient encore des accents du beau concert de Noël.

Déjà les élus les plus anciens – semblables aux bons vieux serviteurs qui ne s'attardent jamais dans l'accomplissement d'un devoir – se relevant de leur longue adoration aux pieds de l'Enfant-Jésus, dont c'était la fête spéciale, songeaient à retourner à leurs postes respectifs.

Saint Pierre regagnait sa loge de concierge d'un pas alerte. (On sait qu'au ciel, le grand âge n'est pas un fardeau.)

Sainte Cécile, qui s'était particulièrement surpassée par des élans d'extatique inspiration, remettait sa harpe dans son riche étui.

Les petits anges folâtres, reprenant leurs jeux, se poursuivaient en agitant leurs ailes blanches, jusqu'auprès de la belle Vierge qui souriait à leurs ébats, et sous la surveillance du grand maître des angéliques légions, saint Michel.

Le vainqueur de Satan conservait l'allure formidable qui convient à un héros guerrier. Il n'effrayait pas cependant, avec son grand glaive – celui précisément qui lui servit dans son fameux combat avec Lucifer – les petits soldats de son armée ; quelques-uns d'entre eux se réfugiaient jusque dans les plis de ses ailes pour échapper aux espiègles assauts de leurs frères.

– Ah ! maintenant, disait à d'autres bienheureux un beau vieillard, il me faut songer à mes enfants de là-bas !

Savez-vous qui il appelait ainsi, ce beau vieillard ? et soupçonnez-vous un peu ce qu'il pouvait être lui-même ?

Ce vénérable personnage n'était autre que le fameux *Santa Claus*. Et *ses enfants* ?... C'étaient vous, c'étaient toutes les fillettes sages qui ont mérité des étrennes.

Mes chères amies, je ne voudrais pas être obligée de vous énumérer toutes les choses inouïes, renfermées dans le magasin aux étrennes dont notre vieil ami avait la charge.

Cela me prendrait bien plus de temps qu'il ne lui en fallut pour les verser toutes dans ses énormes sacs.

Vous savez les superbes carrosses que les fées d'autrefois faisaient surgir de modestes citrouilles, et les toilettes magiques qu'elles donnaient à leurs filleules !... Vous avez vu dans l'histoire de Cendrillon de quels adorables bijoux ces mystiques dames couvraient leurs protégées ?... Eh bien, tout cela n'était rien à comparer au riche bagage de *Santa Claus*.

Songez-y ! Il y avait là de quoi réjouir tout un univers de petits enfants !

Quand le messager de la bienfaisance divine traversait le ciel, courbé sous le poids de ses trésors, pour aller prendre congé du souverain Maître et recueillir ses instructions, le bruyant cortège des anges s'arrêtait pour le regarder passer.

Il se trouvait même des élus qui avaient été d'austères pénitents sur la terre, et qui s'amusaient naïvement à examiner ses délicieux bibelots.

Saint Jérôme, par exemple, et d'autres saints qui ont toujours vécu dans le désert, et qui n'avaient jamais vu de joujoux, s'extasiaient littéralement devant tous ces chefs-d'œuvre de la paternelle libéralité du bon Dieu.

– Il y en a pour tout le monde ? demanda le Petit-Jésus. Mes enfants seront tous heureux ?

Santa Claus le croyait bien.

Il partit donc avec une troupe d'anges.

Ces anges sont pour le servir dans sa charitable tournée. Ils se glissent doucement à l'intérieur des maisons, et déposent dans les mignons souliers l'envoi du divin ami de l'enfance.

Cela exempte de la peine au bon vieillard et abrège la besogne. Il a tant de chemin à faire dans une nuit !

La céleste délégation était de retour au paradis avant que fussent tendus dans le firmament les voiles mordorés du matin. Le cortège, en arrivant, alla se prosterner devant la divine Majesté.

Cependant, *Santa Claus* n'avait pas, comme d'habitude, ce sourire content que donnent la satisfaction du devoir accompli et la certitude d'avoir fait des heureux.

Le Petit-Jésus, que la sainte Vierge berçait dans un lit tout orné de diamants, tandis qu'elle chantait doucement de sa voix qui ravit le ciel, le Petit-Jésus avait remarqué cela tout de suite :

– Les présents ont-ils donc manqué ? Qui n'est pas satisfait ?

Le bon *Santa Claus* raconta alors ceci :

– Mon travail était achevé sur la terre, dit-il. Je remontais lentement vers ce céleste séjour en jetant sur l'univers un rétrospectif coup d'œil, pour m'assurer que personne n'avait été oublié. Je disais, en me réjouissant, à mes compagnons :

– Là, nul ne pleurera demain ! Les prières enfantines que notre bon Père aime tant monteront vers lui reconnaissantes, chaudes et pleines d'amour !... Mais soudain... j'aperçus, dans un des coins obscurs et déserts d'une grande ville, quelqu'un... une enfant, seule, glacée, perdue dans la nuit noire. Elle tremblait de frayeur, elle se mourait de faim, de misère et de désespoir. La pauvre mignonne répétait tout bas, pendant que ses grands yeux désolés regardaient le ciel et que ses petits membres grelottaient :

– Mon Dieu, qui avez pitié des enfants délaissés !... Ma mère qui êtes là-haut, voyez-moi... j'ai froid, il fait noir, j'ai bien peur !... Elle étouffait ses sanglots de crainte d'attirer les affreux passants de la nuit.

Que faire pour la consoler !...

Je me mis à chercher dans tous mes sacs, espérant y trouver quelqu'objet oublié... mais, hélas !... rien, tout était épuisé.

Et d'ailleurs, qu'auraient pu des jouets devant cette détresse que vous seul, puissant et généreux Jésus, pouvez guérir par un miracle. J'aurais pensé à cela tout de suite, n'eût été l'émotion qui troublait mes idées.

Après un moment de réflexion, j'envoyai près d'elle un de mes anges, lui enjoignant d'en avoir bien soin tandis que je viendrais vous supplier de la secourir.

Le Père éternel, qui de son trône resplendissant avait tout entendu, dit :

– J'ai vu les larmes de cette enfant. J'ai entendu le cri de sa douleur et de sa confiante prière !

Voici ce qui s'était passé tandis que *Santa Claus* parlait.

Sur un signe du Tout-Puissant, un ange était aussitôt venu se prosterner pour recevoir ses ordres.

Ce prince de la cour céleste était le plus beau des séraphins.

Un rayon de la souveraine bonté de Dieu – celui de sa miséricorde – se reflétait en lui.

À son front brillait un incomparable diadème où était incrusté en lettres formées de l'or des astres, le beau, le grand mot – DÉLIVRANCE.

– Va ! lui avait dit le Dieu généreux et tendre, va briser les liens qui retiennent sur la terre cette chère âme martyre !

À cette injonction, le messager obéissant se leva et partit.

Il n'objecta pas qu'il faisait bien noir là-bas, et que le lieu où gisait la pauvresse lui était inconnu.

– La Providence pourvoit et veille à tout !

Telle était sa pensée.

Il déploya ses grandes ailes plus lisses et plus blanches que celles des cygnes, et descendit à travers les couches bleu sombre des espaces, effleurant les mondes sans s'y arrêter, et laissant après lui dans les ombres du firmament une longue traînée lumineuse.

Les savants terrestres dirent :

– C'est un admirable météore !

L'ange de Dieu, lui, qui soutenait la petite agonisante, souffla à son oreille :

– Courage ! voici la délivrance !

Quand l'envoyé de l'infinie miséricorde fut arrivé dans la grande ville obscure et silencieuse, un phare, épanchant une douce lueur, semblable aux rayons caressants de la lune, parut au ciel et lui montra sur le sol dur et glacé, la belle enfant à genoux, suppliante, les mains élevées en une muette prière...

Il enleva son âme et remonta avec elle au Paradis.

Là, elle reçut la belle couronne des élus et la glorieuse palme du martyre !

Là, elle oublia toutes ses souffrances aux pieds de Dieu, auprès de la tendre Vierge et de sa mère, qu'elle retrouvait là-haut !

Elle fut tout de suite amie avec les petits anges qui, pour jouir de son naïf ravissement, se plaisaient à lui montrer toutes les splendeurs du ciel.

Quand elle alla baiser les pieds du Petit-Jésus, le divin Enfant lui demanda avec un doux sourire :

– Regrettes-tu ton jour de l'an de la terre, ma petite amie ?

Des larmes de bonheur et de reconnaissance répondirent pour elle.

Le lendemain, les passants trouvèrent sur la pavé un petit cadavre froid et rigide.

– Pauvre, pauvre enfant ! murmuraient-ils dans leur pitié.

Mais elle, au sein de la félicité et de l'extase des cieux, disait aussi :

– Pauvres, pauvres mortels !

Histoire de deux serins

Petite fable

Le soleil avait souri, à travers les branches dénudées, d'un sourire plein de promesses ; les bourgeons avaient percé la dure écorce, les corolles s'entrouvraient fraîches et rieuses, et les arbres, jasant avec la brise, balançaient leurs dômes verdoyants au-dessus des sources grondeuses.

Les oiseaux revenaient par essaims pour fêter la naissance des vertes feuillées, et celle des marguerites, leurs petites amies des champs.

Les nids moelleux s'équilibraient aux jointures des branches ; déjà leurs hôtes se gazouillaient tout bas leurs espérances pour la nouvelle couvée.

À la cime d'un grand chêne, toute une famille de serins saluaient, certain matin, l'aurore de son premier jour.

Le ruisseau qui dort, sous les grosses branches de l'arbre géant, le rayon de soleil qui miroite sur la feuille humide au bord du nid, le coin d'azur à travers le rideau de feuillage, cette verdure flottante qui les berce avec de caressants murmures, toutes ces nouveautés ravissantes qui se révèlent à leurs regards étonnés, tiennent hors du nid les têtes curieuses de ces êtres naissants.

L'horizon empourpré, la source éblouissante qui bondit sur le flanc de la montagne, les flocons blancs dans le bleu du ciel, tout cela a des tons chatoyants et séducteurs, des appels gros d'attraits et de promesses pour les nouveaux éclos.

Et c'est un murmure continu, un concert de petits cris joyeux. Qu'ils sont heureux de vivre !... Oiselets d'un jour, ils ont le présent harmonieux et ensoleillé ; et l'avenir !... l'avenir ! Quand les plumes dorées auront poussé, quand les ailes diaprées se déploieront avec la vigueur de la jeunesse ! l'avenir ne se prépare-t-il pas pour eux plus doux que le nid, plus vermeil qu'un reflet de crépuscule dans le ruisseau limpide ?

Les petits serins ont crû. Ils ont atteint la taille ordinaire des oiseaux de leur espèce ; mais l'un d'eux surtout est un prodige, l'orgueil de la famille, la gloire de la nichée.

Quand sa voix vibrante et modulée éveille les échos matinaux, plus d'une jeune serine sent palpiter son cœur d'oiseau, et joint une note émue à ses trilles éclatants.

Les êtres ailés, moins méticuleux que les hommes, reconnaissent sans formalité et acceptent sans élections, le souverain que Dieu semble leur désigner dans celui d'entre eux qu'il dote de plus de charmes. Ceux du vieux chêne avaient voué un culte d'admiration et d'hommage à leur superbe compagnon.

Mais lui, indifférent à ses honneurs et à son prestige, ne formait dans sa tête altière que des projets aventureux de fuite et de voyages.

Un jour – aussi puissant que beau – il s'élança d'un seul trait, de la cime du grand arbre au sommet de la montagne lointaine. Puis, intrépide, il alla se percher sur une branche morte accrochée au milieu de la cascade fougueuse. De là il envoya au ciel sa chanson triomphale.

Ses parents effrayés avaient essayé de le suivre, mais tristement ils étaient revenus au chêne, l'épier de loin, le cœur serré par un funeste pressentiment.

D'un vol aussi rapide le téméraire enfant était revenu ; toute la tribu en émoi l'attendait anxieuse.

Au lieu de regagner le nid paternel où ses petites sœurs attendries l'appelaient de toutes leurs clameurs, le jeune héros, comme pour lui faire hommage de ses premiers lauriers, alla droit chez sa voisine, la plus jolie serine du monde, secouer ses ailes étincelantes des gouttelettes diamantées de la source, et roucouler la plus suave, la plus délicieuse, la plus enchanteresse des mélodies que Dieu ait enseignées à ses créatures.

Les humains qui l'entendirent crurent que les accords d'une musique mystérieuse, s'échappant des sphères célestes, étaient parvenus à leur oreille privilégiée.

Les échos émerveillés la répétèrent avec enthousiasme. Tout le vieux chêne tressaillit, et un concert de louanges s'en éleva comme une fusée vibrante et prolongée.

Ces joyeux accents avaient ragaillardi toute la peuplade. Chacun, sous la feuille qui l'abrite, s'endormit paisible, rêvant de douces choses. Seule, la belle serine avait compris le mot d'adieu caché sous la chanson brillante.

Tristement sa petite tête veloutée s'enfonça sous le duvet de l'aile maternelle. Qui dira combien d'étoiles s'étaient allumées au firmament, combien de soupirs avait poussé la brise à travers les feuilles frémissantes avant que le repos vint clore sa paupière !

Le lendemain – toutes les fêtes ont un lendemain – les premiers reflets de l'aurore avaient effleuré la cime de l'arbre séculaire, le roi du jour, disant adieu à d'autres peuples, apparaissait, s'élevait majestueux de son bain de flammes. Toute la nature chantait l'hymne matinale à sa manière, et le vieux chêne était muet – muet, mais plein de consternation, d'agitation et d'effroi : – L'idole, le serin adoré, le beau charmeur des bois s'était envolé, laissant l'angoisse au nid, le deuil à la voisine éplorée.

Elle, puisant une énergie désespérée dans l'agonie de son cœur, étendit toutes grandes ses ailes frêles et timides, et disparut. La belle idolâtre, n'écoutant que son amour, volait sur la trace du cher infidèle.

Trois longs jours de recherches et de souffrances s'étaient éternisés pour l'infortunée voyageuse. L'ouragan avait soufflé, la tempête avait mugi.

Le matin du quatrième jour les arbres, courbés par la tourmente, redressaient leurs panaches ruisselants. Le soleil revenait sécher les pleurs de la nature qui souriait à travers ses larmes en revoyant son radieux époux...

La pauvre serine épuisée, affaissée sur une branche, buvait languissamment des gouttes de pluie qui tremblaient sur une feuille de peuplier... Soudain, elle se redresse et bondit. Elle a entendu... Oui, ce ne peut être que lui !... Un petit cri bien faible, presque imperceptible ; mais pourquoi son cœur s'est-il arrêté à cette voix, pourquoi bat-il maintenant à se briser ! Elle attend inquiète, le cou tendu, le regard intense, plein d'anxiété et d'espoir. Le cri se répète, doux, navrant, prolongé.

Rapide comme l'éclair, la serine franchit l'espace qui la sépare de son bien-aimé – oh bonheur ! il était là, elle le retrouvait ! Mais non.

L'espérance un moment ravivée allait s'éteindre à jamais. Hélas ! le roi du vieux chêne est blessé. Son aile rompue palpite de douleur. Une fièvre brûlante l'agite et le consume. Il souffre. Il se meurt. Ah ! pourtant il ne peut périr, puisque le dévouement et l'amour subsistent encore pour lui en un cœur féminin !

La jolie serine se fait sœur de charité. Multipliant les soins au bien-aimé malade, elle vole au torrent, en rapporte dans son bec trois gouttes fraîches pour les couler sur la blessure. Elle remet doucement le membre cassé dans sa position normale, lisse de son aile de velours les plumes hérissées autour de la plaie, verse dans la gorge altérée du cher blessé une eau rafraîchissante. Elle voltige, sautille sur le gazon d'une façon embesognée, va et vient, s'oubliant elle-même, s'épuisant pour faire revivre ses amours.

À la fin l'héroïsme eut sa récompense.

Par la plus belle et la plus radieuse des matinées, le couple mille fois heureux revint au pays. Le fiancé était si rayonnant qu'on ne s'aperçut pas qu'il boitait un peu.

Il y eut noce complète au vieux chêne. De la base à la cime il retentit tout le jour de chants d'allégresse.

Le beau serin resta le roi.

L'année suivante, en cédant le sceptre à son héritier, il lui donna ce sage conseil... Au fait, que croyez-vous qu'il lui dit ? De toujours rester au nid natal, prudemment abrité sous l'aile maternelle ?... Oh non !

– Mon fils, lui dit-il, quand la mousse du nid, quand la tendresse de ta mère ne suffiront plus aux aspirations de ton cœur troublé, va, mon enfant, au sein de la tempête, recueillir une précieuse blessure ; le ciel alors t'enverra un messager béni qui te fera revivre deux fois !... Mon fils, un pareil trésor vaut bien une aile brisée.

<h1 style="text-align:center">Le dernier biberon</h1>

On avait dit à bébé : – C'est fini maintenant ! Vous êtes trop grande. Il faut jeter cette affreuse chose au chat. Au *Çat*, répétait-elle, captivée par le souvenir du favori. Et c'est tout ce qu'elle retenait de ce grave syllogisme.

Or voici ce qui en était :

La question avait été agitée en famille à l'heure du couvre-feu, au moment où bébé en camisole blanche, les gros petons nus, distribuait les bonsoirs, embrassant à grand bruit sa menotte étendue, à l'adresse de chacun.

Toutes les têtes levées, fascinées par ce jésus potelé aux boucles blondes, souriaient, lui renvoyaient les baisers ; mais... la bonne se penche, et, à demi-voix : – Faut-il le lui donner ? – Ah c'est vrai ! fait la maman subitement rembrunie, prise de lâcheté devant la grandeur du sacrifice, puis cédant tout-à-fait :

– Si, pour ce soir. Alors le père, sans quitter sa gazette, mais enlevant son cigare, prononce avec énergie : – Ne lui donnez pas cette horreur ! je vous en prie !

Là ! il proteste. Ça lui est bien facile à lui.

– On ne peut pas, fut-il objecté, tout d'un coup, comme cela...

Mais lui l'interrompant :

– Je te dis que vous l'empoisonnez !

Vous l'empoisonnez ! voilà bien les pères. Ces stoïciens de la théorie, ces braves d'arrière-plan qui commandent la manœuvre d'une voix de tonnerre et s'enferment dans leur cabinet pour ne l'entendre pas exécuter.

– Eh bien ! essayez, avait dit la maman avec résignation, intimidée par tant de fermeté.

Mais vous ne savez pas encore le sujet du litige.

L'article en question, l'objet des foudres paternelles, c'est une petite chose informe, d'une teinte grisâtre, brouillée, inquiétante ; un lambeau de caoutchouc, déchiqueté par des dents aiguës ; c'est un vestige du dernier biberon de bébé, aussi méconnaissable qu'une balle dont on retrouve le plomb fondu et mâché ; une chose, enfin, peu appétissante, d'un parfum... étrange, et à laquelle le petit monstre tient plus qu'à tout au monde.

Aussi est-on décidé à en finir. Ce matin encore, comme le papa, fier de surprendre son réveil d'oiseau, la prenait dans son nid, toute chaude, les yeux s'ouvrant clairs et grands à la joie du matin, et allait l'embrasser avec ferveur, elle lui entra cet objet dans la bouche. Il en cracha pendant cinq minutes, très en colère, jurant... d'opérer des réformes radicales, de trancher dans le vif, bref, de faire un coup d'éclat.

Et tout ce temps la pauvre insouciante victime de demain, la mignonne rose savourait l'horrible suçon.

Après le départ de la bonne, il s'était fait un silence, gazette et livre s'étant relevés.

Au bout d'une minute pourtant, la voix du tyran se fit entendre, mais sans cet accent invincible de tout à l'heure, une voix très mitigée, où l'on sentait poindre un attendrissement.

– Ne ferais-tu pas mieux d'y aller ?

– Non, ce serait pire.

Nouveau silence, puis soudain, le choc attendu ; une explosion de larmes là-haut.

Il s'en suivit un tumulte, une envolée de feuillets !...

– Attends ! dit le maître, tu vas tout gâter !

L'obéissance la retient un moment, mais les cris continuant, elle se précipite, et du bas de l'escalier :

– Marie ! Marie ! s'écrie-t-elle, donnez-lui ! donnez-lui !...

Elle revient, le calme aussitôt rétabli, tout émue encore et murmurant :

– L'idée de le lui enlever ainsi, sans préparation !... Pauvre chou !

De son côté le papa très remué, mais voulant tenir décemment son rôle jusqu'au bout, va chercher une allumette, ayant laissé son cigare s'éteindre, et lève les épaules à l'effet de blâmer cette défaite à laquelle il ne prend aucune part.

Il fallut donc apporter à l'événement tout le soin que nécessitent les résolutions importantes.

– Depuis quand, monsieur le papa, vous qui avez lu l'histoire, depuis quand le progrès surgit-il ainsi spontanément, sans efforts, du terrain des mauvaises habitudes et des abus ? Citez-moi une réforme qui ait poussé, de même qu'un champignon sur une terre inculte, sans être amenée, conduite, préparée par une main habile et patiente !... Paris ne s'est pas fait en un jour !

Telles sont les ressources de la diplomatie maternelle et le résumé de son plaidoyer en faveur d'un atermoiement.

Bébé a deux ans et demi du reste et sa mère qui lit en son petit cerveau comme dans un ABC ouvert, y voit déjà un embryon de logique. Aussi est-ce ce bon sens en herbe qu'elle compte exploiter pour accomplir la réforme projetée.

Bébé reçut un jour une superbe poupée bleue. Bébé fut ravie, folle de joie, et ne voulut plus quitter cette poupée, pas plus à table qu'à la promenade ou au bain. Il la lui fallut même pour dormir. Mais voilà ! la nouvelle venue est l'ennemie déclarée des suçons !

Que faire alors ? Jeter le suçon au minou ?

– Jeter à minou, fait le petit singe.

En effet, la maman ouvre la fenêtre et Bébé lance elle-même son *meilleur ami* dans la cour.

Une fois blottie dans son lit blanc avec la précieuse poupée bleue, l'heure du dodo venue, la pauvre petite s'aperçut bien qu'il lui manquait pourtant quelque chose, car deux fois, elle rappela sa mère qui l'avait ce soir-là bordée longuement, se sentant tout attristée, le cœur fondu de compassion devant l'ingénuité de ce sacrifice sans murmures ; elle demanda du lait et voyant la tasse fraîchement vidée, reprit avec un soupir :

– Bonsoir, maman.

Une prière, une seule, se pressait sur ses lèvres qu'elle n'osait formuler, la sentant déraisonnable.

À la fin, trouvant un ingénieux prétexte pour trahir son gros regret :

– N'en a plus. Donné au *çat !* fit sa douce voix, du même ton insidieux et enjôleur qu'on le lui avait répété tout le jour en vue du succès final.

Le tyran dans son antre, oubliant de lire son journal, attendait avec impatience la fin de l'aventure.

– Eh bien ! dit-il, dès qu'il la vit revenir, allant à pas de loup, marchant avec précaution comme si le moindre souffle eût pu compromettre la victoire espérée.

Bébé ne pleura pas, mais elle s'endormit fort tard, et au petit jour elle s'éveilla en larmes demandant le suçon, puis s'avisant aussitôt de l'absurdité de sa requête, elle se mit à crier plus fort.

– Quelque chose de bon !

Son innocente lâcheté avait encore sa pudeur.

Ce fut la réaction ; et les événements ne tardèrent pas à justifier les prévisions de la clairvoyance maternelle.

Au bout d'une semaine ce gros chagrin était oublié... et puis quoi !...

Eh bien Bébé ne s'en trouva pas plus mal, au contraire, puisqu'on ne l'empoisonnait plus, et ce furent pour les sages les regrets :

Cette importante réforme si habilement obtenue, cet avancement notable de l'enfant, ce progrès fameux, qu'était-ce en effet ?...

La dernière étape de cet âge exquis de la première enfance où notre chéri n'est qu'un poupon gras et rose qui tient tout, comme une petite boule, dans la corbeille que lui font nos bras.

C'est le commencement de cet autre où l'on devient conséquent, où l'on comprend, où l'on souffre.

Y a-t-il vraiment là de quoi être fier ?

C'est bien la peine de sevrer les pauvres innocents de leurs pures joies ! Par quoi les remplace-t-on ?

Par les enseignements maussades de la raison, de l'expérience – cette marâtre qui ne sait corriger qu'en châtiant.

Pauvre bébé, cher petit mouton qui te laisses tondre de tes gracieuses et charmantes fantaisies, quand tu auras de grandes gigues et des brèches dans la rangée de perles fines que découvre ton sourire, alors on songera avec envie à ce que tu fus autrefois ; on s'attristera de te voir pousser si vite et laisser loin derrière, les chers souvenirs du temps des biberons.

C'est ainsi que le sort te venge de ceux qui s'acharnent à te rendre sage – comme eux.

C'est probablement ce regret anticipé qui fit que la maman de tout à l'heure, bientôt revenue de l'orgueil de son triomphe, put être vue cherchant avec soin, sous sa fenêtre, parmi les balayures, un petit objet perdu, pleurant presque, à l'exemple de bébé, à la pensée que le vilain chat aurait bien pu en effet le manger.

Et, le vieux biberon disgracié, exhumé avec honneur, devint une précieuse relique.